华中诗社，承历史文脉，扬中华词律，
聚文人雅士，展美好生活。

華中詩集

第一辑

华中诗社 编

河北大学出版社·保定

出 版 人：耿金龙
责任编辑：翟永兴
装帧设计：赵 谦 王占梅
责任校对：冯喆圆
责任印制：靳云飞

HUAZHONG SHIJI DIYIJI

图书在版编目（CIP）数据

华中诗集．第一辑 / 华中诗社编．-- 保定：河北大学出版社，2019.1
ISBN 978-7-5666-1458-2

Ⅰ．①华… Ⅱ．①华… Ⅲ．①诗集—中国—当代 Ⅳ．① I227

中国版本图书馆 CIP 数据核字 (2019) 第 018194 号

出版发行：河北大学出版社
地址：河北省保定市七一东路 2666 号 邮编：071000
电话：0312-5073033 0312-5073029
邮箱：hbdxcbs818@163.com 网址：www.hbdxcbs.com
经 销：全国新华书店
印 刷：保定市正大印刷有限公司
幅面尺寸：167 mm × 237 mm
印 张：11
字 数：100 千字
版 次：2019 年 1 月第 1 版
印 次：2019 年 1 月第 1 次印刷
书 号：ISBN 978-7-5666-1458-2
定 价：128.00 元

序（一）

我知道，很多人喜欢与诗为伴，华中诗社就有这样一群人。

一首小诗，装得下锦绣山河，装得下无穷岁月，也装得下一个美好的梦。

诗是超凡脱俗的生命哲学。

读诗填词，了却凡尘杂念，提升涵养修为，而后悟道生命本源，返璞归真。

诗是文化的传承和延续。

我们生活在最好的时代。这是一个离中华民族伟大复兴最近的时代，改革开放、科技兴国、乡村振兴……大国崛起的不只是经济实力，更有文化自信。我们有五千年中华文化的优良基因，需要的是更多更好的土壤去滋养成长。

华中诗社便是一方有营养的沃土。

《华中诗集》第一辑是辛勤的“诗农”收获的第一担健康食粮。

之所以健康，是因为诗社搭建的是诗心相伴，美德为邻，以诗会友，其乐融融的创作平台。诗友们来自京津冀各地，同好结缘，偏爱巍巍太行这片青山绿水，眷恋这方淳朴浓郁的燕赵乡愁。

之所以健康，是因为诗友们心系家国情怀、真诚处世、简单朴素、自信自强的诗人品格所传达的满满正能量，弥足珍贵。

读诗，就是在读心之所向的美好生活；就是在读祖国山河的波澜壮阔；就是在读改革开放大潮中奋进的人民，就是在读文化传承的只争朝夕。

中心定，则外物清。秉一盏诗词明灯，探寻生活的归宿。

山之光，水之声，月之色，花之香，春华秋实皆文章，一草一木总关情。

愿读者以文为亲，独赏清趣。

赵建棠

二〇一八年十二月

序（二）

诗意的二〇一八年渐渐远去了。这本诗集便是光阴与诗句相依相伴留下的印迹。

作为《华中诗集》的第一辑，她自然有着不同寻常的意义。

她是华中诗社结成的第一道年轮。

诗社成立于二〇一八年初夏。四面八方的诗友齐聚白石山下，和着淅淅沥沥的小雨，谈诗，作诗，吟诗。那天的雨温润绵长，那天的情浓烈跌宕。

有人用一首诗冲开了四面围拢的群山，有人把生活浅吟成一串闪烁的珍珠，有人在诗歌的深海里探寻着命运的答案……那天，成为一个原点，一个为诗而设的原点，我们重新出发奔向远方。

华中集团董事长赵建崇先生身先士卒落笔成诗，众诗友诗作异彩纷呈，微信朋友圈成为一方习诗的灵动平台。

此次遴选出的百首诗作，便是诗社这棵我们共同植下的树，结成的第一道年轮。如果仔细审视，我们能在其中找到自己的身影。正是因为我们以诗为缘，手挽手肩并肩，才组成了找不到缺口的圆。虽然，这道年轮只是细细的线，周长还不会引来众人的惊叹，但它足以证明，我们为诗跋涉的里程和一颗不改的初心。

她是华中诗社挂起的第一道彩虹。

手捧诗稿，我觉得她是色彩斑斓的。有激情澎湃的红，有历尽沧桑的黄，有生机盎然的绿，有无限神秘的蓝，有魅力十足的紫……就这样，在一首首诗中，你能感受一层层色彩，掂量一重重浓淡，诗友们的情感与灵感互相碰撞，一颗诗心穿行其间。

有时面前是浓墨重彩，那是把生活中的颜料一下子全部倾注了；有时面对的又是淡写轻描，那是从另一个空间对生活的远眺；有时还可能是浓淡相间的，那是时而跳出生活，时而又融汇其中。

有多少种人生，就有多少种色彩。所以这第一道彩虹，当然有别于其他，具有独属于我们的唯一性。

她是华中诗社播撒的第一把种子。

没错，她不是收获，是种子！相信每个捧起诗集轻诵的人，都会这么认为。

在崭新的春天，她被播撒在刚刚苏醒的大地上，一天天过去，她发芽吐绿，长叶开花……她以这样的历程告诉我们，她肩负的是诗的使命。

而我们，有人是她的芽，有人是她的叶，有人是她的花，还有人是她的根，每个人都以自己的方式参与到这项使命中来，都以自己的方式呈现生活无处不在的诗情画意。

至于那些在未来被一行行写在纸页上的诗，无疑将超越这把种子，比她更丰富、更凝练、更生动，更有生命力，以更加美好的诗句歌颂祖国，歌颂伟大的新时代！

那些诗将代替我们表达——对春天，从未辜负！

一心

二〇一八年十二月

目录

第三篇 山高水长 锦绣涞源

第一篇

匠心筑梦

初心如一

JIANGXIN ZHUMENG
CHUXIN RUYI

白石山居颂其一

赵建棠

绿渡燕北春报晓，
霞洒白石万点金。
晴晨放歌人未老，
抚琴耕墨品余生。

白石山居

白石山居颂其二

赵建棠

黄公佳作传千年，
茂林修竹一抹田。
莫道白石山居迟，
清凉胜过富春山。

為有源頭活水來
戊戌秋月

白石山居颂 其三

赵建崇

穿霾破雾向山行，
一道雄关天两重。
玉宇澄清融融日，
始信凉城亦暖城。

国宅赋

赵建棠

忆往昔，盘古开天，天惊石破，斗转星移，大浪淘沙，千年一唱。

追今日，太平盛世，政通人和，物华天宝，推陈更新，国宅㊀始出。

国宅之心，贵在求和。

与天求和，吸宇宙之精华；与地求和，纳大地之滋养；与人求和，融众人之智慧；与宅求和，立身体之根本；与山求和，得阳刚之正气；与水求和，增阴柔之秀美；与古求和，传渊源之文明；与今求和，寻当代之时尚；与万物求和，济科学之发展。

此乃九和。

国宅纳天地万物之和，筑琼山福海之园，倾华中三十年之精力，诚奉天下仁人。

二〇一〇年秋月

注：㊀为华中集团旗下人居品牌。

念奴娇·国庆感怀

白石山樵

丙申国庆，寓居白石山温泉度假区，夜填此曲，以纪念度假区一期落成，并祝祖国繁荣昌盛。

太行之巅，秋风起，红桦层林尽染。壁立千仞，惊心处，纵使飞狐难攀！更有三泉，分流东去，汇成百里长卷。风云际会，京西已换新颜。

忆昔肇创多艰，挥师进荒山。挑灯看剑，快马加鞭，再回首，玉宇琼楼惊现！汉唐风韵，尽在雕栏间，千古承传。金风吹过，将士再续新篇。

华中·白石山温泉康养小镇赋

一心

九州古土，黄河北岸，太行东麓，燕赵故园。华中集团，精筑国宅三十载，尊儒重道，传续文明五千年。

丙申三春，乘旅发之东风，弘慷慨之气魄。逶迤十八盘，直上飞狐奠基，纵跃三千尺，指点长城残垣。是岁仲秋，温泉酒店飞来落成，秦宫汉阙巍然惊现。凌三山之鼎足，踞三水之肇源，俯太行之峰岭，襟渤海之沧澜。

金马云翔，玉璧浪腾。大宛良驹仰天啸，驰足与兮跗万程。骊宫华庭，雕梁霞八荒，画栋擎苍穹。田园别墅，未耜种桑麻，琴瑟伴鸟鸣。雪霁宫怀江湖之黎庶，百渡府烹山野之蔌肴。温泉村嬗华清之薰潲，冰雕宫堪金阙之晶莹。

时至夜半，太白掠重檐而徐去，玉轮耀螭吻而渐沉。明河咫尺，心静神宁，雾霾安在，喧嚣遁形。迁客骚人，飏舟归去来兮！仁人志士，煮酒上谷凉城。

二〇一七年二月十八日

第二篇

华诗迤逦 情之所系

HUASHI YILI
QINGZHISUOXI

戊戌年

贺华中诗社成立

骆红美

幽篁窗外细雨霏霏，
竹里馆内情意浓浓。
高朋嘉宾相聚于此，
琵琶古筝诗歌朗诵。

诗社成立有感

阳子

飞狐夏正浓，群贤聚华中。
百渡楼煮酒，追念陆放翁。

贺华中诗社成立

轻尘

苍山新浴待客宠，
碧水禅音濯莲清。
誓与百花同争艳，
一树仙葩绽华中。

贺华中诗社成立

孟永军

易水悲歌燕赵风，
唐音宋韵小楼东。
词翁墨客挥椽笔，
尺素诗笺贺礼呈。

读诗有感

王老汉

一山一景一层天，
鸟语花香妩媚甜。
云气无霾清肺腑，
兴文塔下有诗篇。

题华中诗社

刘世斌

神州放眼几华中？
但为诗心筑大营。
我把才思成细雨，
随君一路到凉城。

华中诗社成立有感

素面晴天

往日今昔大不同，
鸿鹄振翅傲苍穹。
文人墨客助雅兴，
齐颂诗词道华中。

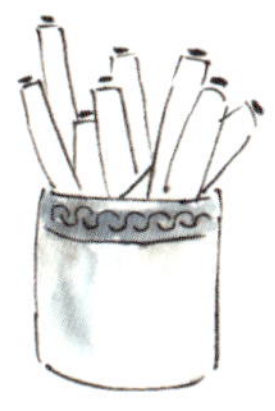

华中诗社

弱草

古城诗韵谱华章，
拒马源头话沧桑。
亭亭杨柳拂碧水，
浩荡东流岁月长。

无题

安欣

一座楼台一样风，
一方水土一片情。
芳菲阅尽无觅处，
有缘华中再相逢。

秋饮
黄花酒

贺华中诗社成立

张天波

华中雅会集名流，琴韵茗香逸兴稠。
室内春风生笑脸，窗前翠影映明眸。
遥承汉魏传诗脉，遍览风云作远游。
紫竹园中新旧雨，笙歌咏唱展鸿猷。

贺华中诗社成立

赵云耕

唐魂汉魄竞风流，盛世华中文脉稠。
清入瑶琴堪洗耳，翠移玉盏教回眸。
诗情频与飞狐起，雅意平添白石游。
雨过庭前喧竹语，恰供佐酒壮新猷。

贺华中诗社成立

王琼

酒溢芳香人放情，情迷诗苑启新星。
星光流淌千般韵，韵致激昂喜共赢。
酒圣诗仙驭华中，龙祥凤瑞舞从容。
容今纳古同酬唱，唱响东西南北中。

贺华中诗社成立

卧虎公子

地依白石业附山，华中诗社出涞源。
文化建瓴高瞻远，企业树帜长望安。
魏晋风流多远客，汉唐气韵有飞檐。
八方文友祥云聚，一轮诗潮瑞彩还。

华中诗社成立

贾清彬

应时旗竖太行东，尽日山呼海啸中。
得聚名贤吟雅韵，会当报国起高风。
过秦笔力遗文在，哀郢襟怀自古同。
今我引吭歌一曲，卅年还看杜鹃红！

贺华中诗社成立

周晓军

华中自古就风流，盛世良辰更是牛。
彩笔难描游子梦，金杯好醉故园秋。
五湖四海群豪聚，万水千山只影留。
哪怕人生不称意，今朝放手唱神州！

白石頌

南乡一剪梅·贺华中诗社成立

芷兰

清夜月眉高，白石苍茫墨色遥。
华中星河随时序，青山隐隐，碧水迢迢。
鹿鸣远尘嚣，竹里寻幽人逍遥。
煮酒烹茶皆入梦，花也妖娆，诗也妖娆。

西江月·贺华中诗社成立

李昊儒

泼墨华中别院，龙飞凤舞佳篇。
百年不遇关仁山，千手观音倏现。
如斯大家风范，小酌妙笔如仙。
纵然星月已阑珊，雅兴千金不换。

清平乐·贺华中诗社成立

花溪晚茶

峰峦叠翠，一伞丁香媚，
黛瓦白墙珍珠坠，惹得游人迷醉。
和风细雨春晖，亭台草木葳蕤，
诗韵墨香回味，陶然山水忘归。

白石春韵

贺华中诗社成立

李昊儒

诗友来相会，
华中雨霏霏。
雅居竹里院琴随，
莫让韶华轻付、化烟飞。
才子诗沉醉，
高歌举起杯。
汉唐宏业众人归，
且将诗魂寄予、咏清梅。

第三篇

山高水长 锦绣涞源

SHANGAO SHUICHANG JINXIU LAIYUAN

白石雄姿

清晨沐雨

轻尘

昨夜红烛残，晨启雨珠帘。
鸟语山川秀，碧瓦泛深寒。

登白云坨

晓染峰林

天高云籁静，幽谷草茵纤。
串紫荆花缀，敲黄杏子甜。
踢尘攀汗索，慑臂拄峰尖。
胸阔吞风壮，巍峦跃睑帘。

麻田岭

素面晴天

林密遮云雨，山高接九天。
藜杖拨荆草，青丝映翠兰。
松针比毯厚，菇伞大如盘。
约友三两个，远足得清欢。
人间何为道，少欲心即安。

涞源十瀑峡

赵明

细雨伴秋风，幽谷听泉鸣。
银练山间落，枫叶岭上红。
巨石林中立，清溪足下行。
拾阶纳清气，驻步畅心声。
人间琼瑶境，十瀑铸诗情。

雾绕白石

逸轩

磅礴夜雨早初晴，
夏气灼灼催雾生。
水转流云山走墨，
苍岩点翠映其中。

无题

弱草

春燕翩翩带雨来，
庭前芍药含露开。
远山如黛轻雾绕，
幽幽小径到亭台。

戊戌春月

大美白石山

田海萍

雀儿林里雀儿舞，
石头部落石头屋。
白石山上白石白，
大美不过太行谷。

太行小景

见贤思齐

太行北麓唐河边，
小陌通幽一线天。
潺潺流水涟瀑布，
游人疑是梦中仙。

无题

白石山老怪

中华崛起乘东风，
涞源腾飞看华中。
革命老区多变化，
景色宜人山变青。

咏汉马

白石山樵

黄沙漫漫啸北风，
嘶鸣声声裂长空。
踏破楼兰三尺雪，
扬我强汉万古名。

题白石山温泉度假区

白石山樵 阳子

京西百渡画屏中，曾经二月沐东风。
殷土轴枢隆汉阙，代郡古地起唐宫。
一望飞檐连紫气，犹闻汉马啸长空。
飞狐仙子应无恙，当惊故郡与天同。

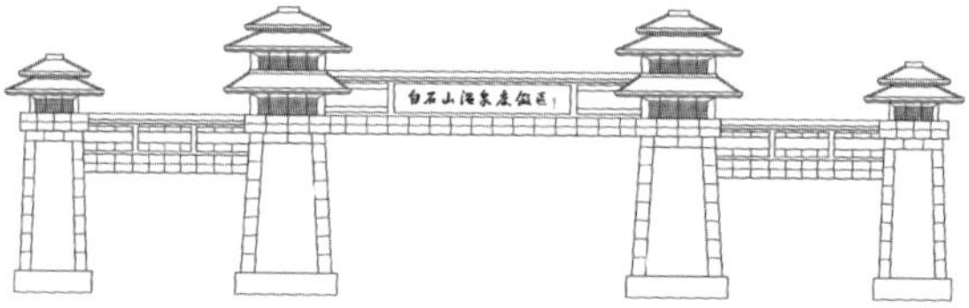

无题

王琮

山含翠色景融情，小镇休闲笑语盈。
亭榭廊桥连碧水，岗峦云树荡和风。
白桦谷名切题准，入境方知创意明。
信步绿茵花径里，欢歌一曲唱升平。

涞源三讴其一

大爱

中原屏障倚涞源，汉设军卫唐宋关。
雄踞八陉飞狐峪，险控五胡太行山。
武灵曾往习骑射，代王亦筑御夷蛮。
元汗窥破天易帜，明坊铜浇广昌泉。
清人录就十二景，壮士难得百战还。
二师前辈裹马列，八路英雄斩倭顽。
地灵迭遭兵燹炙，人杰屡问青史传。
武扼南北真重地，文倾涞易是衢川。

涞源三讴其二

大爱

太行东麓一山城，凉夏天生傍暖冬。
蓝天自从盘古就，净土原为女娲成。
荣乌张石双衢透，震巽中地三盆生。
东北群山风电掣，西南诸水润乾坤。
奇木珍果填万壑，猴桃蛇枣披千峰。
更有豆腐独天下，吾豆吾水吾技功。
毫无添加纯绿色，偏成佳肴可养人。
京津雄安康养处，绝无污染与霾笼。
游住用带求模式，仙镇滥觞拜华中。

涞源三讴其三

大爱

曾闻美国萨姆特，退休小镇甚闻名。
不如他日涞源县，归真颐养享天龄。
星布百川万仙墅，全域物联高智能。
飞来遁往无伤景，和谐自然胜天成。
门前花木别致养，屋后果蔬天然生。
闲读掩卷随我性，狂欢开宴任他哭。
经营捭阖智标鼠，起居服务机器人。
横岭神药和世界，纵马仙果啖乾坤。
豆腐值金逾万亿，从此弄富匆云腾。
道法自然终可信，国梦成真乃大同。

华中礼赞

宇宙人生

中华古韵佑华中，汉唐文化一脉承。
精典华贵阅堂皇，雪霁竹馆白桦枫。
涞源古已谓凉城，景色奇秀万户涌。
华中落邸白石山，帝王将相悔早生。

白石山

肖振

女娲补天造神山，峰林秀美入云端。
排天巨浪吞寰宇，游人踏雾疑是仙。
三顶六台云常伴，中华之神隐其间。
雄奇险秀揽五岳，白石归来不看山。

白石山上做仙人

海霞

静听天籁画中行，叠翠屏峰云海腾。
韭菜青鲜新露润，馒头别致暖阳蒸。
太公垂钓神差使，八戒背媳鬼斧成。
险象环生如蜀道，佛光顶上沐仙风。

志和画

后庭花·词林正韵

周晓军

莺歌燕舞春花绽，亦真如幻。
醉红尘里声声慢，几多忧患。
一腔碧血无从谏，做蝇头篆。
行将枯笔描金瓣，望南归雁。

秋游太行山

刘建民

天罡微风荡漾，
心随梦境远方。
菊授衣月秋风尽，
易水两岸花更香。
红了柿子，
黄了白杨。
四季风雨两茫茫，
秋杪果正香。
愁也故乡，
梦也故乡。

卜算子·秋登白石山

晓染峰林

清气纳芳新，
云海浮山秀。
放眼霜林万叶秋，
流彩泼金胄。
玻栈挂危崖，
一众魂心叩。
妙韵难抒野趣浓，
尽享登峰后。

静思图

采桑子·听雨

芷兰

凭栏听雨沉沉夜，
不忍回眸，
偏又回眸。
恁是西风、千古最清愁。
商音向晚归鸿远，
才下眉头，
却上心头。
漫卷珠帘、轻叹小银钩。

行香子·华中行

海霞

信步华中，喜作仙翁。
柳荫深曲径相通。
流泉清浅，浮出晴空。
赚一晴岚，一天籁，一青松。
茂林修竹，疏篱陶菊。
抚琴弦两袖清风。
吟诗作赋，兴雅情浓。
愿酒长温，花长好，友长同。

浅秋·静美

刘春燕

在高山平原，离天空最近的地方，
风翳净尽，澄碧如洗。
远山如黛，诉说凉城千年传奇；
追风㈠扬蹄，守护小镇百年祥和。
染一指水墨，写意心中的世界；
撷一瓣馨香，回归梦想的田园。
华中小镇，向着太阳恣意生长，
暗香流动，心若素然。

注：㈠代指华中小镇泗水明堂广场上扬蹄嘶鸣的汗血追风马雕塑。

童趣
二〇一六年

回乡

卧虎公子

祖辈的痕迹，童年的回忆，
又多住一两天。
归程的车动了，
动得缓缓，动得晚晚。
摆手时，
许多心思，反倒纠缠。
终于远了，
亲人小如珠泪，高楼小如亲颜。
都那么小了，
载得动了，就挂在了腮边。

白桦林·温泉谷颂

王凤武

白石山下彩云飘，桦栎相伴把酒欢。
林中鸟鸣声声起，温风拂面五月天。
泉如禅音度今世，谷幽仙境在人间。

太行漫谷华中行

轻尘

龙从云，雨从风，风雨潇潇至梦中。
山野忽现谪仙客，清泉汹涌紫竹升。
一曲笙箫述不尽，文曲星君列凡征。
你方吟罢我登场，高山流水敬知音。
百代江山拱人出，撕开云雾灿群星。
华中置业青山秀，太行漫谷有余温。
石墙古道君行远，雀儿林中闻禅声。
一路蜿蜒向前去，民生愁苦胸田充。
峰烟浩渺云天路，山花铺道巨石恭。
问道天下谁曾主，白首渔樵啸山风。
家事国事天下事，五湖踏遍望山青。
云缠雾绕浑不怕，佛光千道任君冲。

一城山水一城人

蒲阳河

山，一副骨架，
承载着历史的厚重。
水，一潭神韵，
灵动着人文的眼神。
一城山，
多少岁月峰峦叠翠。
一城水，
多少时光荡漾如云。
像白石山，
三顶、六台、
九谷、八十一峰。
故事里的故事，

每天都在这里。
攀爬，跌宕，
幻化成氤氲。
像拒马源，
三泉共涌，三河同根。
易水河、涞水河、拒马河，
拎一拎，
每条水绳，
都能溅起王朝的回音。
一城山水，
养育一城人。
千百年了，
涞源城里，
唐代的兴文塔、
辽代的阁院寺、

明代的野长城，
天天都在诉说着过往的辽阔，
日日都在彰显着天地的幽深。
进进出出，
来来往往。
涞源人，
每一句方言，
都是这么亲切，
都是这么芳醇。

遇见

花溪晚茶

美丽的遇见，不必刻意。
一转身便与，
峰峦和云海相聚；
与蜿蜒的山路，
目光相依。
我站在初夏的路口，
任长发飘逸，
一片片葱绿，
落尽云雾缭绕里。
轻抚斑驳的石壁，
指间漫过古老的气息，
沿着印满苔痕的石级。
听一曲燕雀婉转，

看一片云霞旖旎，
寻一脉厚重的山脊。
五月的松涛，
让谁的心起了涟漪？
细碎的雨滴，
淋湿了谁的记忆？
伞下的背影，
让谁的眼眸迷离？
我只想，将花瓣间，
你嗅过的气息，
枝头上和鸟儿许下的心语，
小心地拾起，收集。
做成心册的书签，
每翻一页，都是你。

白石山
二〇一六年

美丽的涞源我的家

李昊儒

美丽的涞源我的家，四季分明风景如画。
巍巍兴文塔屹立千年，拒马河唱着欢快的歌。
美丽的涞源我的家，几间老屋在白石山下。
一步一景游人如织，冬有温泉夏有雪花。
美丽的涞源我的家，民风淳朴热爱祖国。
一心向党跟党走，十九大的精神遍地开花。
美丽的涞源我的家，我的心里深深爱着她。
我要用青春谱歌一曲，甘洒热血绽放芳华。

暗香·观云有思

周晓军

乱云飞渡，渐欲迷人眼。
看苍凉处，万马齐喑，
路转峰回势如虎，漫卷千军帅帐，
心欲坠，闻惊天鼓，霎时间，
浪静风平，听两岸无语。
闲步，信风舞，柳絮尽挽头，
乳燕归圃，旧时小户，
王谢堂前觅新侣，碧草如丝染醉。
疑入梦，乡音初聚，
竟又是，悲复喜，待离后叙。

在竹里馆看雨

明子

小小的雨滴，
浸润着白石山下的土地，
淅沥的雨是千年的乡愁。
从唐诗汉赋里飘来，
滋养着竹里馆的风骨。
这风骨是雨中拥有，
汉唐神韵的一砖一瓦，一草一木。

涞源赋

古恒山人

京西夏都，太行燕恒山交汇，拒马涞易水源处。

距津不过六百里，至京只有四百途。

京原铁路贯东西，张石高速加荣乌。

三十分钟到山西，朝发夕至走张库。

凉城夏都，四围群山环阻隔，盆底散珠布开府。

山下酷暑热难耐，海拔千米爽如瀑。

朝饮烟霞晚餐露，夜观天庭廿八宿。

无虞空调吹伤身，少有蚊蝇烦光顾。

老幼休闲逸族群，集聚纳凉到处暑。

文化夏都，石器仰韶萌芽发，商纣王城兴木土。

东汉肇建阁院寺，飞狐钟鸣传今古。

兴文塔碑书沧桑，泰山宫庙写民俗。

原装长城白石山，巍峨蜿蜒乌龙谷。
忠肝义胆杨家将，沙场驻跸妇孺述。
日将阿部规秀贼，黄土岭下丢尸骨。
王家二小巧诱敌，激励多少英雄出。
孙庄村庙白求恩，国际友谊春秋谱。
山水夏都，鬼使神差夺天工，雄奇峻秀疑画图。
白石山峰戎装女，云飞雾缕缠腰骨。
珍珠翻砂拒马源，冬暖夏凉水汩汩。
高山草甸风光丽，花海斗艳竞放怒。
峡溪跌宕十数瀑，攀高千米见泉出。
仙人峪穴洞洞连，千佛壁观钟乳殊。
丰腴夏都，金银铜铁铅锌钼，物华天宝山藏富。
五谷杂粮日照长，山珍甘霖营养足。

秋子核桃大杏扁，小鸡蕨菜炖蘑菇。
土豆莜面枣云糕，酸汁浆水点豆腐。
清凉世界享清凉，观光养眼饱口福。
魅力夏都，曩昔广昌荒蛮地，玉宇琼楼春笋出。
日前省里制新规，县级城市涞源布。
拭目山水人更美，京津冀域耀明珠。

这里，竹里馆

易州米

穿越长长的隧道，抵达诗的洞天。
绿是最生动的词汇，
小雨洗着群山，
真想把草地分行，
让激情在心中狂欢；
真想把雨滴串起，
在竹里馆化成不尽的灵感。
这里是诗意的栖息地，
这里有一把爱的油纸伞。

遥想中的雀儿林

悟能

隔着雨，隔着风，
隔着一个冬天一个春天。
想你的模样，
站在一座山中央，
用记忆串联起远方。
那些初秋的情愫，
便如初春的阳光，
温暖而忧伤。
因为你们在漫谷徉徜，
我的诗开始明媚，
开始有了紫云英的芬芳。
一里、十里，
回头张望。

那些逆行而归的足音，
静静响起，
清新如昨。
原来是在那个夏日初启的雨滴里，
打下了伏笔。
将诗行写在你翻飞的裙裾，
我蜷在一朵花里取暖，
把满山的绿色藏在心尖上。
青苔趴在卵石泥砌的墙，
倔强生长。
我知道，
生命的厚重终会长出石壁，
一直蔓延到你想去的地方。

涞源王
闾庄村
写生新力

等

红枫

在你走过的小路上，
种植夜晚和黎明；
种植春的生动，夏的浓郁，
秋的醇美，冬的简约。
种一声鸟鸣；
种几片琐碎的爱；
种一缕长风，三番花雨；
种一壶月色，几点繁星。
种下你温柔的影子，
扬十里桃花在你必经的路口。

天籁

王晶

涞源，似乎被盛夏遗忘。
青山，阻隔着热浪，
生活，静静地流淌……
晴岚袅袅，岁月静如画。
试着放空身体和灵魂，
找寻自我。
慢慢地，听到耳边窸窸窣窣，
像是小草的亲昵，
花儿的缠绵，云儿的流动，
比水还要轻盈，若有若无……
原来找回了自己，也就听到了心底的声音。
带上背包，
沿弯曲的山路把记忆一点点装好，
目之所及，都成了快乐的问候。
你的面前不见了山，都是自然的拥抱。

奇怪，
在这里，背包越满，心越豁朗。
静思观云，可以很高，可以很低，
低到贴着近处山头，
亲吻着每一棵树苗。
夜凉如水，席地而躺，
仰望星空，听织女与牛郎诉说相思，
不知不觉进入甜甜的梦乡……
天地有大美而不言，人又何须多语，
不言，不语，
回归到“无”，却又是万物之始。
原来自己还可以跟自然、
跟土地如此亲近。
心底仿佛有一颗种子，
慢慢涌动着，悄悄探出了头，
是一个新的自己……

第四篇

醉美山居 乐享生活

ZUIMEI SHANJU
LEXIANG SHENGHUO

戊戌冬
志忠画

白石山居·春

白石山樵

四月南风起，驱车进山来。

阶前草初绿，庭中花半开。

白石山居·夏

白石山樵

小窗含远翠，黛瓦接晚晴。
好风凉如水，无梦到天明。

白石山居·秋

白石山樵

清晨荷锄去，躬耕半亩园。
邀邻相对饮，有味是清欢。

戊戌冬月
志森畫

白石山居·冬

白石山樵

城里霾愈重，山中气却清。
雪后泉亦暖，夜来满天星。

夏

郭云涛

水绕绿树洲，寻访阁院楼。
避暑幽篁里，一梦到新秋。

题《早茶》

王老汉

美食白桦里，佳境碧云天。
小镇居一日，尘俗乐百年。

戊戌冬月志強畫

题白石雪景

王老汉

清风玉树傣，洁岭碧云天。
驰马朝佳境，今生誓不还。

白石山居其一

玉米

君自远方来，临风展笑颜。
天净多湛蓝，下至一院间。
山青无尘色，水碧有鱼欢。
于此桃源处，心事皆淡然。

白石山居其二

玉米

君意自高远，相临贤士家。
借得天池浪，绕我东篱下。
朝游清凉山，暮赏水莲花。
邀于重阳日，心静话桑麻。

白石山居其三

玉米

燕归君亦至，花开临舍门。
皆言天堂好，何如下凡尘。
莽莽山虎啸，徐徐水龙吟。
逍遥于江湖，自在心随身。

白石山居其四

玉米

与君初相识，恰临暮春景。
晴天逢雨后，穹下一彩虹。
黛山似泼墨，碧水如丝绸。
且于红尘里，两心尽忘忧。

白石山居其五

玉米

柴扉静待君，何日方临门。
抬眼天寂寂，下步意沉沉。
山间无好酒，知交水醉人。
不觉白于首，莫忘少年心。

山居之夜

玉米

明月出白石，天地享静谧。
巍然屹鼎泰，曲径通竹里。
薄雾笼贵宾，光华罩雪霁。
平生经百渡，终向此山居。

村居有感

陈力明

清风丁香下，悠悠弄佛弦。
瓜豆发新绿，鸡犬自在眠。
行吟且听雪，学武度芳年。
心悦夕阳照，把卷自陶然。

题华中酒店竹里馆

卧虎公子

四壁高檐起，遥遥似空城。
节行居间有，德志立端生。
抚瑟空弦静，观香析缕清。
问篁源舍里，却道四君名。

雀儿林写生

乱做搅粥诗

周晓军

曾用度饥年，难逢五谷全。
腹中多野菜，桌上少鱼鲜。
妙手黄金馔，凡心翠玉莲。
涞源有美味，搅粥大如天。

祝愿

素面晴天

人生何处是桃源，
绿水青山相映间。
笑看云帆逐浪起，
茅屋丽舍俱欢颜。

无题其一

物归原主

门前芍药胜牡丹，
夏夜酣然枕花眠。
了却多少烦心事，
槐花香里话丰年。

无题其二

物归原主

断墙残垣农家，小院铺满朝霞。
春种乾坤大地，抬头一树繁花。

白又白

鲁贵民

利国利民立雄安，
为家为己位涞源。
嬉戏朝霞白洋淀，
栖息暮色白石山。

小菜园其一

晓染峰林

八公兴致事田桑，
半是痴农半是狂。
谁道耕锄了无益，
劳杯昨夜落酣床。

秋水
戊戌
志
画

小菜园其二

晓染峰林

黎明约起柳烟含，
硬土翻掀奈臂惭。
一亩平畦千滴汗，
泥香淡淡醉耆男。

遣怀

素面晴天

小桥流水夏清凉，
翠柳薄云日月长。
自在游鱼不惧老，
心闲便有好时光。

清闲曲

素面晴天

一湖秋水纳碧天，
片片白云绕山巅。
心底不生风与浪，
泰然垂钓泾渭间。

戊戌冬
志淞画

白石山居·秋暝

赵芳菲

青山隐隐花解语，
白云悠悠草含情。
待把河山细指点，
无尽风光在秋暝。

白石山居·闲语

朱亚菲

苍松翠竹马头墙，淅雨沥透薄衣裳。
一壶陈茶三两友，白石居里话秋凉。
旧石堪可铺新路，小镇更需筑辉煌。
问道远山云雾处，话短话长说暖阳。

慢谷慢语

朱亚菲

远山锁秋雾，旧宅盼春阳。
壶煮三山水，茶飘百花香。
月夕佳日近，果红菊染黄。
路遇外来客，疑儿归故乡。

雁去衡陽
二〇二五年

知秋

赵伟

汤汤小雨天渐凉，
屏山落叶满地黄。
不觉踏入深秋色，
重拾暖衣卸夏裳。

情满白石山

王琼

餐霞饮露白石山，沐雨腾云风四面。
暮送夕阳归海角，朝迎旭日跃东山。
温泉小镇着人醉，画意诗情盈满间。
日伴白石心难老，鸟鸣鹤舞醉心田。

无题

王琼

桃花艳杏花儿红，白石山居醉诱人。
小草嫩绿燕子飞，溪水潺潺农田耕。
观景台上观花海，山歌嘹亮云天冲。
人欢机鸣报春晖，山村处处美春景。

山裏人家
二〇一八年

鹧鸪天·采摘蛇瓜

尘缘

采摘园里有奇葩，形若白娘顶戴花。
远离喧嚣喜幽静，乐居郊外生农家。
依腐木，深根扎，驻颜美食疗效佳。
天然绿色无公害，俊男靓女喜欢它。

心愿

秋安娜

我愿做一个小小的风车，
被孩子高举在天空。
我们跑到哪里都有笑声，
风来时，
飞速地旋转，超过任何星球。
我们在等，
贫瘠的檐沟里，
有无数条幸福的清溪，
畅游。

白石山居

一勺之海

宁静祥和，浸润了出尘的洒脱。
深远的时光，勾勒出美的意象。
浓妆淡抹的一笔，蕴含着此中真意。
心远了，身近了，海棠果儿红了。
陶公在南山下醉了千年，
白石山居，
隐然有东篱的幽香。
是谁，
裁了一件如此美丽的衣裳，
将白石山千年的风月收藏？

戊戌冬

浪淘沙·白桦林温泉谷

花溪晚茶

日暮浴泉东，
夜色朦胧，
华灯璀璨映珠庭，
点点清波虹彩舞，娇漫芳容。
一径夏风轻，
草绿虫鸣，
青山隐隐万千重，
白桦林间邀月影，几许柔情。

小重山·随缘

周晓军

闹市常闻车马喧，无心埋古卷，意阑珊。
闲庭信步赛神仙，多少事，聚散本随缘。
相遇且言欢，临屏何寂寂，自凭栏。
吟花歌月梦如烟，君莫笑，世事总难全。

悟山居·雨

李洋

倚楼侧卧听风雨，
悟山居。
却道是，
雨打木槿生双花，
忘却青砖绿瓦。
窗外如诗似画，
回首间，
吾已梦归天涯。

秋风

白石山居

素面晴天

碧云悠悠，
霞光冉冉，
兰园古筝情漫卷。
凌泼锦鲤，
幽径觅仙，
亭台楼阁燕飞还。
白石山居墨香远，
未及提笔已醉红颜。

小镇夏天

花溪晚茶

我给思绪，镶几片花瓣。
在轻风里翩跹，想飞到小镇看看。
石盘串起的小路，是否，印着苍绿的苔藓？
屋前的枫叶，云霞，染得火红绚烂。
明艳的花海，来年，在春雨里连绵。
一泓清澈的温泉，身心，袅袅仙境里舒展。
起伏的山峦，云雀，在葱茏里流连，
是谁，没把兰园的窗子关严？
平仄的清韵，吟着唐诗宋词的温婉。
清凉从裙裾滑落，
洁白的云朵，微笑着凝望蔚蓝。
和着阳光，调成涞源的夏天。

写于华中诗社兰园茶友会

白石山，白石山

王琼

白石山，白石山，
从天而降到人间，
拔地而起，直上九十九重天。
白石山，白石山，
下有鬼门关，其险吓破胆。
白石山，白石山，
造化弄风险，谁敢攀上此山巅？
白石山，白石山，
远处树叶像金子，白石山下有温泉。
抬眼望蓝天，白云竿高山，
举目四周望，远山近岭皆入眼。
山上做文章，大手笔如椽，
谁能舞文墨，华中成诗篇。

拾遗图
二〇一八年
志浩画

走近你

弱草

走近你，
我已不是原来的自己。
叶子被秋风吹落，
是否可有深深的歉意。
明月升起的时候，
小路却很孤寂。
是我不够专注，
还是眼神太迷离。
深秋的风，
荒凉了枝头。
记忆，
又怎能不一贫如洗？

那山，那村，那清凉

花溪晚茶

沿，一山路，
幽谷日初长。
苔痕染绿，露珠晶亮。
空山鸟语声，一径草木香。
衔，几朵云，
悠然绕峦嶂。
浅笑安然，一羽霓裳。
沾衣葸芬芳，花间邂逅难忘。
携，一缕风，任发梢轻扬。
夏影成行，一袭清凉。
山色挽时光，今朝相伴相望。
扣，一柴扉，院静无人响。

黛瓦老屋，古树木窗。

年轮刻过往，恍然儿时模样。

抚，一石墙，指间漫沧桑。

斑驳零落，经年风霜。

山花开石上，婀娜入了心房。

恋，一村庄，世外桃源藏。

乡音绵软，闲人小巷。

山深雀儿林，令人朝思难忘。

大山里的星空游泳馆

李佳倩

太行之首，冀西之端，
华中小镇，星空泳馆。
馆比星空璀璨，势如横空出山。
地得山水清气，物呈天地大观。
流沙金色的斧剁石烙印着岁月的痕迹，
菱形坡顶勾勒出起伏多变的天际线。
全景玻璃穹顶，蓝天白云抬头可见，
万里星河牵梦醉人。
冬日暖阳拨开层层涟漪，化作一汪湛蓝的悸动。
纵身一跃，如蝶，似鱼，绽放无限晶莹。
二十八度恒温暖泉滑过，滋润、轻柔……

月上枝头，银光轻泻，
窗前铺满山色树影。
抬头望，繁星点点，
自在畅游，回归大地怀抱。
晨曦起，等风来。
薄雾笼罩的明长城，披着冬日的霜花，
如卧龙蜿蜒盘旋在陡峭山间。
天地有界，行者无疆，
回归大山，寻觅本真性情。
唱一曲自由的牧歌，
以爱相约，
许下一池醉美星河。

农民·涞源

古城散仙

虽然，守着贫瘠的荒山。
依然，笃定金色的秋天。
每一处勉强可耕的台地，
都修成种植玉米的块田。
备好耐旱的良种，撒播在清明之前。
盼着纷纷的春雨来临，
催醒种子沉沉的睡眠。
拔掉田里的所有杂草，
水分和粪肥不许均沾。
顶着骄阳上山，背着凉月下山。
风调雨顺的年景，默默在心中期盼。
待到秋风吹黄了山峦，
欣喜收获着辛勤血汗。